El regalo mágico

por Nicholasa Mohr
Ilustrado por Rudy Gutierrez
Traducido por Osvaldo Blanco

SCHOLASTIC INC.
New York   Toronto   London   Auckland   Sydney

ISBN 0-590-50210-7

12 11 10 9 8 7 6 5   0/0

Printed in the U.S.A.   40

First Scholastic printing, February 1996

A mis hijos

DAVID Y JASON MOHR,

con todo mi cariño

y por los maravillosos recuerdos

de su niñez.

N. M.

Mi agradecimiento a

MARILYN BÁEZ Y SU FAMILIA

por mostrarme la belleza del

pueblo dominicano.

R. G.

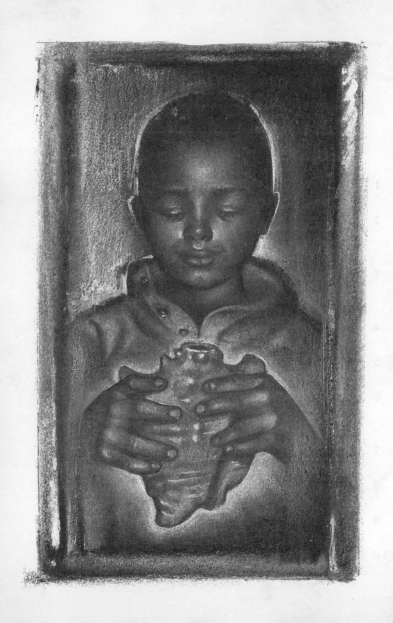

ÍNDICE

El regalo mágico

1

ADIÓS AL HOGAR

—¡AY, ROSA, te vamos a extrañar tanto!...
—dijo la tía Carmen a la mamá de Jaime, con las mejillas bañadas en lágrimas.

—Nosotros también los vamos a extrañar a ustedes —contestó su mamá, abrazando a su tía Carmen, a su tía Diana y a su prima Patricia. Se abrazaban unos a otros y todo el mundo lloraba.

Jaime se aseguró de quitarse de en medio. No le gustaban los besos húmedos y los abrazos de esas mujeres llorosas, incluyendo su madre. El cálido sol y el fresco aire de la montaña hacían un día perfecto de diciembre.

—Y también vamos a extrañar este hermoso clima —dijo su mamá entre sollozos, limpiándose la nariz.

Sus padres parecían tan desdichados, que

Jaime Ramos se hizo la ilusión de que tal vez cambiaran de idea acerca de mudarse tan lejos de la República Dominicana. El avión que debía llevarlos a Nueva York salía esa tarde a la una.

Jaime se sentía el más desdichado de todos. Sabía que iba a echar de menos su casa y especialmente a sus mejores amigos, con quienes había jugado desde muy niño. Pero no iba a permitir que lo vieran llorar o portarse como un tonto.

Echó una última mirada a la única casa que había conocido en su vida. Todo había desaparecido; las voces hacían eco en las desnudas paredes de la casa vacía.

Nadie le había pedido su opinión respecto a mudarse, y esto le causaba a Jaime más rabia que tristeza. No era justo. Su vida había sido perfectamente normal hasta entonces y no había por qué cambiar las cosas. Y no era que él no hubiese protestado y suplicado a sus padres hasta ponérsele roja la cara . . .

—¿Por qué no podemos quedarnos aquí, en nuestro pueblo? ¿Por qué tenemos que ir a vivir a Estados Unidos, donde no conozco a nadie?

—Jaime, ya te lo dije . . . porque conseguí un buen trabajo allá —le explicó su papá—, con buenos beneficios y oportunidades de progresar. ¡Por eso nos vamos!

El padre de Jaime era ingeniero electricista. Muchos decían que Pedro Ramos era uno de los mejores en su oficio en la región norte de la República Dominicana.

La explicación de su madre tampoco lo hizo sentirse mejor:

—Todo será para bien —le dijo ella—. Una vez que te acostumbres a vivir en Estados Unidos, te sentirás a gusto.

—Tú y Marietta irán a una escuela excelente —le había dicho su padre—. Además, ya está todo decidido.

Jaime estaba cada vez más contrariado. Aquella palabra, *decidido*, sonaba tan definitiva que lo hacía sentirse impotente.

Ni siquiera podía contar con su hermanita Marietta, quien no hacía más que sonreír y decir tonterías a Pepita, su muñeca favorita, actuando como si nada pasara. Pero, ¿qué sabía ella? Sólo tenía dos años y era incapaz de hablar con sentido común.

Pronto llegó el tío Manuel, hermano de su padre, conduciendo su jeep de color verde para llevarlos al aeropuerto de Puerto Plata.

Todos los vecinos y parientes, que habían venido para ayudar y despedirse por última vez, comenzaron a cargar en el jeep las maletas y las cajas apiladas fuera de la casa. Jaime encontró su bicicleta y se la trajo a su papá.

—Creo que hay lugar para ella, ¿no? —dijo.

—¡Jaime! Sabes bien que no podemos llevar la bicicleta con nosotros —respondió su padre con brusquedad—. Habíamos acordado que tu tía Carmen la guardaría hasta que vengamos de visita. ¡Vamos, ponla donde estaba!

Jaime contuvo las lágrimas, pensando que echaría de menos sus paseos en bicicleta por los caminos de montaña. Su madre ya le había dicho que en Nueva York no existían montañas. Pensó en insistir una vez más, pero al final decidió hacer lo que le ordenaron. Una vez que su padre decidía algo era imposible hacerle cambiar de idea.

Entre los que habían venido para despedirse, estaban los mejores amigos de Jaime: Wilfredo, Lucy y Sarita.

—¿No tienes miedo de viajar en avión? —le preguntó Lucy.

—No, él no tiene miedo —aseguró Wilfredo, su mejor amigo—. ¿Verdad, Jaime?

—Así es . . . —asintió Jaime, con la cabeza—. No tengo miedo.

Y era cierto. Jaime *no* tenía miedo, sólo curiosidad por el viaje en avión.

—Mi primo Santos viajó una vez en avión —dijo Sarita—. Dijo que era como estar sentado en la sala. No sientes nada.

—¿Prometes que vas a escribir y nos dirás qué es lo que se siente? —pidió Lucy.

—Sí, seguro —prometió Jaime, aunque en esos momentos tenía la mente en otras cosas.

Todos sus amigos estaban allí hablando como si nada hubiese cambiado. Pero Jaime no podía dejar de pensar que dentro de muy poco tiempo ya no estaría más allí. Se iría lejos de su pueblo, lejos de Montaña Verde. Sus amigos se quedarían, pero él estaría en un lugar nuevo y extraño, sin tener amigos con quienes jugar. La idea de irse para siempre lo asustaba.

Recordó como esa mañana, con el primer canto del gallo, había montado en su bicicleta para ir a visitar a su tío-abuelo Ernesto. Necesitaba ayuda y sabía que él podía darle algún buen consejo.

El tío Ernesto vivía solo, en lo alto de las montañas.

Durante muchos años había sido marinero de la marina mercante y viajado por todo el mundo. Nunca se había casado y no tenía hijos. Cuando se retiró, compró algunos acres de tierra en Montaña Verde, lejos del centro del pueblo, fabricó una casa y la llamó *Mi Paraíso*. Allí vivía sencillamente y feliz. Cultivaba hortalizas y especias en el huerto y tenía dos cabras, unas cuantas gallinas y varios gansos.

El tío Ernesto se hizo famoso como un viejo sabio que había recorrido el mundo entero. La gente iba a verlo a su cabaña de madera para pedirle consejo sobre toda clase de problemas. Él preparaba diferentes tipos de té para curar resfriados, fiebre y dolores de cabeza. Y hacía remedios a base de hierbas para la depresión, el mal humor y la mala conducta. No hacía más de un mes el tío Ernesto había solucionado una disputa terrible entre dos vecinos que se negaban a compartir la única senda que llevaba al río. Ambos sostenían que era su propia senda privada. El tío Ernesto los hizo sentar y les dio a cada uno un vaso de refresco preparado con sus hierbas. Se calmaron los ánimos y pronto los dos hombres convinieron en que la senda era suficientemente grande para el uso de todos. Desde entonces eran buenos amigos.

La gente hablaba del don maravilloso que tenía el tío Ernesto para curar el espíritu. Algunos creían que poseía poderes mágicos.

En la mañana de su partida, Jaime estaba ya muy temprano sentado en el banco de madera mientras el tío Ernesto preparaba un té.

—Tío, yo no quiero ir a Estados Unidos —le dijo—. Pero mis papás no me hacen caso.

A Jaime le gustaba hablar con su tío-abuelo porque éste siempre lo escuchaba.

El tío Ernesto le dijo a Jaime que comprendía cuán triste debía sentirse. Y por eso iba a darle un regalo especial para llevar con él a Nueva York. Buscó algo en el aparador y sacó una caja cubierta con un papel de envolver, atada con un cordel. Sostuvo la caja un momento en sus manos grandes y huesudas.

—Esto es para ti —dijo, y entregó la caja a Jaime.

—¿Qué hay adentro? —preguntó Jaime, notando un ligero movimiento en la caja.

—Es una concha de caracol —respondió el tío Ernesto.

—¿Está vivo todavía?

El tío Ernesto le contestó sonriendo:

—Es sólo la concha.

Jaime se sintió confundido y pensó: "¿Qué clase de regalo es éste?" Entonces preguntó:

—¿Qué puedo hacer con un regalo así, tío?

—Ah —dijo el tío Ernesto—, en esta concha se encierran todos tus recuerdos. Cuando sientas nostalgia por Montaña Verde, esta concha especial te consolará.

El tío Ernesto ahuecó las manos de dedos largos y delgados, como si sostuviera en ellas la concha, y le mostró a Jaime cómo acercarla al oído.

—Debes estarte quieto y concentrarte, y escuchar con atención. Oirás el rumor del mar y empezarás a recordar tu casa . . . tu pueblo en Montaña Verde, donde el cielo toca el paraíso y la tierra sonríe al mar a sus pies.

Jaime iba a desenvolver la caja, pero el tío Ernesto lo detuvo con la mano.

—¡Todavía no! —le dijo—. Tienes que esperar el momento oportuno. La concha sólo te servirá cuando realmente necesites recordar. De lo contrario, no es más que una simple concha de caracol.

Más tarde, esa misma mañana, mientras Jaime ponía la caja en su baúl, le pareció que ésta se movía otra vez. Sintió una gran tentación de abrirla, pero sus padres le insistían que terminara de hacer su equipaje. Todo pasaba tan rápido que Jaime casi no tenía tiempo de pensar. Sólo levantó la vista de sus maletas al oír que alguien lo llamaba.

—¡Jaime! . . . ¡Jaime! —Era el tío Ernesto, que bajaba por la senda para despedirse de la familia.

—Jaime —le susurró cuando llegó junto a él—, ¿guardaste ya mi regalo?

Jaime asintió con tristeza.

—Muy bien —dijo el tío Ernesto, sonriendo—. Úsalo juiciosamente.

Después que todos se dijeron adiós por última vez y el jeep quedó atestado de cajas, baúles y maletas, llegó el momento de partir.

Mientras bajaban por el sinuoso camino, Jaime echó una última mirada a su casa y saludó con la mano a sus amigos. Todo lo que le era familiar fue desapareciendo poco a poco. Pronto dejó de ver su pueblo. Entonces el tío Manuel tomó la carretera principal en dirección hacia el aeropuerto de Puerto Plata.

En el avión, Jaime tomó el asiento de la ventanilla junto a su padre y observó a la gente que abordaba. Poco después, los poderosos motores rugieron y el avión empezó a correr por la pista, aumentando la velocidad para elevarse en el aire. En ese momento, Jaime agarró el brazo de su padre.

—Tranquilízate, hijo. Todo irá bien. Pronto estaremos entre las nubes —le dijo su papá, a la vez que le apretaba suavemente la mano.

Jaime miró por la ventanilla y vio su amada República Dominicana cada vez más pequeña, hasta convertirse en un punto que desapareció en el espacio. Continuaron volando a través de nubes blancas por lo que pareció una eternidad. Allá abajo se veía el azulado Mar Caribe. Jaime se sentía como en un sueño. Santos, el primo de Sarita, tenía razón: no se sentía casi nada, como si el avión no se moviera.

Sentado en su asiento, Jaime pensaba en Nueva York: "¿Cómo sería Estados Unidos? ¿Cómo eran los niños allá? ¿Le gustarían a él? ¿Les gustaría él a ellos? ¿Podría hacer amigos allá?"

La voz del auxiliar de vuelo interrumpió sus pensamientos:

—Ajústense los cinturones, por favor. Aterrizaremos en el aeropuerto John F. Kennedy aproximadamente en diez minutos.

Jaime se enderezó y miró por la ventanilla. Una hilera de rascacielos y edificios grises se extendía en el horizonte. No había montañas, y las nubes y el agua eran tan grises como los edificios.

"Qué lugar tan extraño", se dijo Jaime con un suspiro y tragó saliva al sentir como un nudo en la garganta.

2

UN NUEVO HOGAR EN NUEVA YORK

ERA PRINCIPIOS de diciembre y la ciudad de Nueva York era azotada por una ola de frío. Al aire libre, la temperatura era casi bajo cero. Al salir de la terminal del aeropuerto hacia la parada de taxis, una ráfaga de aire helado dejó a Jaime sin aliento. Las orejas y las mejillas le dolían y los ojos le lloraban. Jaime no había experimentado nunca un frío semejante en su pueblo y un estremecimiento le recorrió todo el cuerpo.

La ola de frío continuó y, a fines de su primera semana en Nueva York, Jaime había salido de la casa sólo dos veces, para ir de compras con su mamá. En cada ocasión, el frío le hizo gotear la nariz y temblar de pies a cabeza.

Toda la familia se resfrió. El nuevo apartamento resonaba con los estornudos y accesos de tos.

—Nos quedaremos en casa hasta que estemos bien —declaró la mamá de Jaime.

Solamente su papá salía cada mañana para ir al trabajo. Jaime no tenía el menor deseo de sufrir el horrible tiempo glacial que hacía afuera. "Por lo menos hay un calor agradable adentro," pensó, y decidió no molestar a su mamá acerca de salir.

Todas las mañanas Jaime miraba por la ventana de su nuevo cuarto, en el piso dieciséis. En vez de montañas, veía hileras interminables de edificios altos. Le producía una sensación extraña vivir tan arriba, en el aire.

A lo lejos veía un largo puente sobre un río, por el que navegaban botes. Su padre había dicho que el río se llamaba *East River*. De un lado estaba Manhattan y del otro, el condado de Queens, en donde ellos vivían. El agua que corría bajo el puente era marrón y turbia, en vez de azul brillante y clara como la del Mar Caribe. Las calles estaban abarrotadas de tráfico. Las paredes del cuarto de Jaime resonaban con los fuertes ruidos que subían de la

calle: el paso estrepitoso de camiones, las bocinas de los autos, las sirenas de los carros de bomberos ... "¿Será siempre así de ruidoso?", se preguntó. Allá abajo, la gente se movía presurosamente en todas direcciones. Parecían insectos muy atareados.

Jaime echaba de menos la quietud de las montañas y los árboles de Montaña Verde. Más que otra cosa, extrañaba la libertad de poder salir de su propia casa y jugar afuera. Aquí se sentía encerrado en este enorme edificio. Añoraba sus juegos con Wilfredo, Lucy y Sarita bajo el sol cálido de su tierra.

Una cosa que a Jaime le gustaba era ver televisión. Había muchos más canales en Nueva York que en su pueblo. Pero todos hablaban en inglés. Jaime no comprendía lo que decían y no tardó en aburrirse. Ocasionalmente sintonizaba los canales en español. Pero presentaban generalmente telenovelas románticas y programas musicales, que le parecían tediosos. Encontraba que había poco en qué entretenerse en este país.

El ascensor de su edificio, sin embargo, le parecía a Jaime que era estupendo. Le encantaba subir y bajar en él con su mamá. Una mañana, Jaime salió calladamente del apartamento, apretó el botón del ascensor y esperó. Cuando se abrieron las puertas, entró y apretó todos los botones hasta que se encendieron las luces indicadoras de todos los pisos. Entonces se divirtió en grande, subiendo y bajando.

En el ascensor, la gente que entraba y salía le sonreía de manera amistosa.

—¿Eres tú el nuevo ascensorista? —le preguntó un hombre canoso de edad madura, con una amplia sonrisa.

Jaime no entendió lo que el hombre dijo, pero de todos modos le devolvió la sonrisa, asintiendo. Cuando subieron dos muchachos que eran más o menos de su edad, Jaime hubiera querido poder decirles algo. Los muchachos llevaban abrigos y bufandas y cargaban bolsos escolares. Sintió curiosidad y se preguntó: "¿En qué apartamentos vivirán? ¿Dónde estará la escuela?" Pero sin saber inglés, se limitó a observarlos. Le agradó mucho que uno de ellos, de pelo rojo brillante, le dirigiera una sonrisa.

Finalmente, el ascensor se detuvo otra vez en su piso. Al abrirse la puerta, allí estaba su madre con Marietta en brazos.

—¿Dónde has estado? —preguntó ella, mirándolo con furia—. Estaba preocupadísima por ti.

Jaime le explicó que había estado jugando con el ascensor y divirtiéndose como nunca desde que llegara a Nueva York. Su madre se enojó aún más.

—¡El ascensor no es un juguete! —le regañó—. ¡Se usa para transportar a la gente entre los pisos del edificio!

Entonces Jaime le preguntó a su madre si podía, al menos, jugar en el pasillo o subir y bajar por las escaleras.

—¡De ningún modo! —exclamó ella—. Éste es un pasillo público. Además, uno nunca sabe quién puede andar por aquí. Podrías dar con gente peligrosa. ¡De hecho, no debes hablar con extraños!

Jaime le recordó que allá en su pueblo nadie se preocupaba acerca de hablar con extraños porque todos se conocían.

—Eso era entonces— replicó ella—. Éste es

ahora nuestro nuevo hogar y la vida aquí es diferente.

Jaime se sintió molesto y decepcionado. Quiso asegurarle a su madre que no debía preocuparse, que de todas maneras él no podía hablar con extraños porque sólo hablaba español. Pero no dijo nada, volvió al apartamento y se puso a mirar el mundo que se veía por la ventana, dieciséis pisos más abajo.

Hacía frío y viento. El cielo estaba nublado y gris. La sirena de un carro de bomberos y las bocinas de los autos pedían paso en un embotellamiento de tráfico. Jaime se tapó los oídos, tratando de no escuchar el ruido.

"Esto es como estar encerrado en una cárcel, sin poder escapar," pensó, sintiéndose verdaderamente atrapado.

A fin de animarlo, su papá le traía algún regalo todos los días: rompecabezas, camiones, automóviles en miniatura, y diversos juegos. Algunos de los juegos parecían interesantes, pero Jaime no tenía con quien jugar. Estaba solamente Marietta, que no era muy buena compañera de juegos. Ella pasaba casi todo el tiempo hablándole a Pepita, su muñeca. Cuando Jaime trataba de jugar con su hermanita, ésta no hacía más que reírse. Hubiera deseado tener a alguien con quien hablar, en vez de aquella tonta de Marietta.

Jaime se acordó del hermoso clima que disfrutaban en su país. Y se acordó también de sus amigos, quienes posiblemente estarían jugando en ese momento, y divirtiéndose mucho.

Se le llenaron los ojos de lágrimas. Miró las paredes de su cuarto, pintadas de un gris claro. Su padre le había prometido que, tan pronto como tuviese tiempo, las pintaría de color amarillo limón, como las de su viejo cuarto.

"Pero aun el cambio de color no lo hará sentirse como mi verdadero hogar", se dijo Jaime, suspirando. "Nada podrá lograrlo". Hasta los juguetes que llenaban sus estantes no lograban levantarle el ánimo. En verdad, Jaime nunca se había sentido tan solo.

3

LA FAMILIA SALE DE PASEO

DURANTE LAS DOS primeras semanas en Nueva York, Jaime y su familia permanecieron en casa, tratando de curarse de los resfriados y dolores de garganta causados por el frío. Pero tan pronto como se sintieron mejor, todos se prepararon para ver la gran ciudad.

Jaime nunca había llevado tanta ropa en su vida. Se puso calzoncillos largos y camiseta de mangas largas, dos parcs de medias y un suéter muy grueso debajo del abrigo; también, una larga bufanda, guantes y hasta un gorro con orejeras.

—Odio toda esta ropa —se quejó—. Me siento como que ni siquiera puedo caminar.

—No importa— dijo su mamá—. Cuando

estés afuera, te alegrarás de tener esas ropas abrigadas.

En la calle, cuando las ráfagas de viento helado azotaban por las esquinas de los altos edificios, amenazando hacerle caer, Jaime comprendió que su madre tenía razón. Aun con todas las prendas que llevaba, el intenso frío lo hacía temblar. Mientras caminaban por una avenida bulliciosa y muy transitada, Jaime se agarró fuertemente de la mano de su padre. Su mamá iba empujando el coche-cito de Marietta.

—Jaime, ahora tomaremos un tren que nos llevará a Manhattan —dijo su papá—. Vas a ver muchos lugares famosos que has visto antes en televisión, como el *Rockefeller Center*.

—También veremos los hermosos escapa-rates con motivos navideños de las grandes tiendas de la Quinta Avenida —agregó su mamá.

¿Sería verdad que iba a visitar esos lugares que había visto en la televisión? Jaime caminó con la familia, fascinado por la cantidad de tiendas, carros y gente que veía al pasar. ¡Nunca en su vida había visto tanta gente!

Al llegar a una esquina, su madre cargó en brazos a Marietta mientras su padre plegaba el coche. Entonces su padre lo condujo por unas escaleras y por un túnel que corría debajo de la calle. Luego, le dio una ficha especial para poner en el torniquete del metro y lo empujó hacia una plataforma llena de gente. Había tantas personas que Jaime apenas podía moverse. Los brazos le quedaron inmovilizados, se sintió arrastrado por la muchedumbre y se dio cuenta de pronto que no podía encontrar a su papá.

—¡Papi! ¿Dónde estás? —gritó Jaime—. ¡Mami! . . . ¿Dónde estás?

Jaime sintió pánico; no veía a sus padres por ninguna parte. La plataforma retumbaba con los ruidos de la multitud. De repente, de un túnel oscuro, entró en la estación un tren con luces brillantes y la gente se congregó en el borde de la plataforma. Jaime, que aún no encontraba a sus padres, creyó que el corazón le saltaba del pecho.

—¡Mami! ¡Papi! —gritaba.

Justo cuando estaba por echarse a llorar, sintió que los fuertes brazos de su padre lo alzaban fuera de peligro mientras el tren se detenía con fuertes chirridos.

—Tranquilízate, hijo. Hemos estado cerca de ti todo el tiempo —dijo su papá—. Te llamamos, pero tú no nos oías.

Cuando entraron en el tren, Marietta empezó a reírse y a aplaudir. Jaime se calmó y lanzó un gran suspiro de alivio.

—¡En ningún momento te perdimos de vista! No tenías por qué asustarte —dijo su mamá, quien sostenía a Marietta en brazos—. Mira a tu hermana . . . ella no tiene miedo.

Jaime se encogió de hombros, pensando que

Marietta era muy pequeña para comprender.

—Estos trenes subterráneos transportan a la gente por debajo de la ciudad a distintos lugares —explicaba su papá, como si nada peligroso hubiera pasado—. Recuerda: te dije que, en inglés, estos trenes se llaman *subways*. ¡Qué maravilloso es este país! ¡Somos afortunados en poder vivir aquí!

Después de aquel susto, el país no le parecía ciertamente tan maravilloso a Jaime.

Cuando llegaron a la parada en que debían bajar, Jaime asió con fuerza la mano de su padre. Después del incidente en la plataforma

del metro, no deseaba correr riesgos. Subieron por varias escaleras y salieron finalmente a la calle.

Los altos edificios parecían mezclarse con
las nubes. Jaime había creído que sólo las
montañas podían llegar a tales alturas y estaba verdaderamente asombrado.

Frente al *Rockefeller Center*, Jaime señaló el
enorme árbol de Navidad cubierto de adornos
y luces brillantes, y exclamó:

—¡Ése debe ser el árbol más grande en el
mundo entero!

—Y ahí está la pista de patinaje sobre hielo
que hemos visto en televisión —anunció su
papá.

La gran pista estaba llena de patinadores,
tal como había visto en televisión. Sólo que
ahora, Jaime se dio cuenta de que muchos
eran niños y algunos vestían prendas de colores vivos. Los patinadores se deslizaban velozmente sobre el hielo mientras se oía una
música alegre.

—¡Parece como si flotaran en el aire! —exclamó Jaime, mirando desde arriba.

Los patinadores giraban y algunos hasta

hacían piruetas acrobáticas. Todo era muy hermoso y tenía un encanto mágico.

—¡Cómo me gustaría poder patinar también! —dijo Jaime a sus padres.

—Hoy no —dijo su papá. Pero prometió que le comprarían un par de patines una vez que estuviesen bien establecidos.

—¿Podré tenerlos para Navidad? —preguntó.

—Esta Navidad no, Jaime —respondió su papá—. Aún tenemos que comprar muchas cosas para el apartamento.

—Jaime —dijo su mamá—, vamos a tener una Navidad muy sencilla este año. Así que no te ilusiones mucho. Debes ser paciente. Acabamos de mudarnos aquí y estas cosas llevan tiempo.

Eso no era lo que Jaime deseaba oír.

Más tarde, fueron a mirar las vitrinas de las tiendas de la Quinta Avenida, muchas de ellas decoradas con escenas invernales de Navidad. Jaime se asombró y deleitó cuando vio a Santa Claus, a los duendes, las casitas de pan de jengibre y toda clase de maniquíes, marionetas y juguetes.

—¡Miren! —gritó Jaime, acercándose más a la vitrina—. ¡Es un trineo . . . igual al de mi libro! —exclamó, recordando un libro que él y sus compañeros de clase habían leído, allá en su país, acerca del invierno y la historia de un niño y su trineo rojo—. ¿Me lo compran, por favor? ¡Por favor! ¡Quiero jugar en la nieve con mi trineo . . . igual que en el libro!

—Pero es que no hay nieve —dijo su mamá. El invierno era frío, pero tódavia no habia nevado.

—Esperaremos a que caiga la nieve —dijo su papá—. Entonces hablaremos del trineo. Recuerda que todavía tienes que inscribirte en la escuela y nos queda mucho por hacer. Pero me alegra que encuentres cosas que te gusten en este país. Algún día comprenderás qué afortunado eres.

—Entonces tal vez dejes de quejarte tanto de la vida en Nueva York —agregó su mamá.

—Ya se acostumbrará —respondió su papá—. ¿Verdad, hijo?

Jaime asintió con la cabeza, pero no estaba muy seguro.

Esa noche, en su cama, recordando los

niños que parecían tan felices en la pista de patinaje, pensó que probablemente nunca llegaría a tener los patines y el trineo rojo y reluciente que le gustaban. Ahora que estaba de vuelta en el apartamento, Jaime se preguntaba cuándo volvería a salir. Sentía como si todo lo que deseaba o le gustaba estuviera fuera de su alcance. Y otra vez volvió a sentirse solo y triste.

4

EL REGALO MÁGICO

DESPUÉS DE TRANSCURRIR otra semana en la ciudad de Nueva York, Jaime encontró todo tan aburrido como de costumbre.
Su padre trabajaba todo el día y no tenía
tiempo para sacarlo a pasear. Su madre
estaba ocupada arreglando el apartamento y
cuidando a la pequeña Marietta, quien había
pescado otro resfriado.

Jaime, sin poder moverse del apartamento
y sin amigos, empezaba a sentirse cada vez
más inquieto y desdichado. Una mañana, durante el desayuno, se quejó:

—No tengo a nadie con quien jugar. No
entiendo cuando hablan. ¡Quiero volver a
casa!

—Ésta es tu casa ahora y será mejor que te

acostumbres a vivir aquí —le dijo su papá—. ¡No hay más que hablar! No queremos oír más tus lamentos.

—Dentro de unas semanas llegará tu ficha escolar de la República Dominicana. Entonces irás a la escuela —le recordó su mamá a Jaime—. Aprenderás inglés, conocerás a otros niños y podrás hacer amigos.

—Mientras tanto, yo te enseñaré algunas palabras —dijo su papá, que era el único de la familia que hablaba inglés.

Jaime asintió resignadamente, pensando que nada podía hacer.

—Jaime, tienes que ver el lado bueno de las cosas —dijo su mamá—. Aunque no tengamos una gran fiesta de Navidad este año, a principios de marzo vamos a celebrar tu cumpleaños. Quizá recibas los patines o el trineo que tanto deseas.

Jaime sabía que ella trataba de animarlo, pero sólo sirvió para recordarle cuán solo se sentía.

—¿Cómo voy a patinar, andar en trineo o dar una fiesta si no tengo amigos? —protestó Jaime, quien no había hecho un solo amigo en las tres semanas que llevaban en Nueva York— ¡No me gusta aquí! ¡Odio este lugar! ¡Lo odio! ¡Lo odio! —gritó, y corrió a su cuarto cerrando la puerta de golpe.

Sus padres intercambiaron una mirada de tristeza y resignación. No parecía haber forma de hacer feliz a su hijo.

—¿Por qué tengo que estar en un lugar tan horrible, y encerrado en este apartamento? —murmuró Jaime, suspirando, mientras se sentaba desconsolado en la cama.

Pensó en su hermoso pueblo, donde era libre de correr y jugar, y se preguntó qué estarían haciendo Wilfredo, Lucy y Sarita en esos momentos.

Y entonces vio la caja que le regalara el tío Ernesto. Estaba sobre su escritorio. *¿Cómo había llegado allí?* ... Jaime recordaba haberla guardado el primer día que se mudaron al apartamento. Desde entonces, no había vuelto a verla y ni siquiera había pensado en ella. Pero ahora, ¡ahí estaba!

Jaime abrió la caja y sacó la concha de caracol. Le dio vuelta en las manos y la examinó atentamente. No le veía nada especial. Parecía bastante común.

Pero, mientras Jaime sostenía la concha, empezó a recordar las palabras de su tío abuelo Ernesto . . . como si él estuviera ahí mismo, en su cuarto, hablándole:

. . . en esta concha se encierran todos tus recuerdos. Cuando sientas nostalgia por Montaña Verde, esta concha especial te consolará. Debes estarte quieto y concentrarte, y escuchar con atención. Oirás el rumor del mar y empezarás a recordar tu casa . . . tu pueblo en Montaña Verde, donde el cielo toca el paraíso y la tierra sonríe al mar a sus pies.

Jaime acercó la concha al oído, tal como el tío Ernesto le había enseñado. Al principio no oyó nada. Pero pronto comenzó a oír el batir de las olas . . . el rugido del mar. La concha se agitó ligeramente en sus manos. Luego empezó a brillar. El resplandor se hizo más y más brillante hasta que apareció un arco iris. Rayos de luz dorada cruzaron el cielo raso y el piso.

Sintió vibrar la alfombra y pequeñas hojas verdes brotaron bajo sus pies. Aparecieron árboles, y Jaime sintió el calor del sol y el aroma de madreselvas y jazmines. Oyó el canto de los pájaros y vio las abejas que recolectaban el polen de las flores . . .

"¡Oye, Jaime, juguemos al corre que te pillo!" le gritó Wilfredo, tocándole el hombro. "¡Tocado, tú eres el pillado!", le gritaron Lucy y Sarita. Jaime corrió a lo alto del cerro y tocó a Sarita, quien a su vez tocó a Wilfredo. Todos corrían y se reían, y se daban caza unos a otros por la senda que subía a la cabaña del tío-abuelo Ernesto. El tío Ernesto los invitó a entrar y les sirvió limonada dulce y fresca, hecha con los limones de su limonero.

Jaime se meció en la hamaca mientras sus amigos se sentaron en bancos de madera. Muchas veces, el tío Ernesto les había contado historias de sus viajes por el mundo. Su cabaña estaba llena de artefactos que había traído de sus viajes. Ese día les mostró una gran máscara de ceremonias y explicó: "Esto es de la costa occidental de África. Muchos de nuestros antepasados fueron traídos aquí del África Occidental como esclavos por los españoles". Entonces Jaime tomó una figura, tallada en madera, que era su favorita. Cada vez que visitaba la cabaña de su tío-abuelo, jugaba con aquella pequeña estatua de un niño sentado en una roca, pescando en el río.

"Yo mismo hice esa escultura", les dijo el tío Ernesto.

Jaime quería mucho aquella estatua. Siempre le daba placer tenerla en sus manos.

—¡Jaime! . . . ¡Jaime! ¿Qué estás haciendo, hijo? —oyó que le llamaba su madre.

Cuando Jaime parpadeó, allí estaba su madre parada junto a él. Todo era normal otra vez en su cuarto.

—¿Qué haces con esa concha? —preguntó ella.

Jaime notó que la concha de caracol era nuevamente una concha común.

—El tío Ernesto me la dio como regalo de despedida.

—¡Qué regalo tan extraño! ¿Qué piensas hacer con ella? —quiso saber su mamá.

—La conservaré para que me traiga buena suerte —dijo él, guardando la concha en un lugar seguro.

A partir de entonces, Jaime se encerraba diariamente en su cuarto durante horas para escuchar el rugido del mar y dejar que la concha mágica lo transportara a Montaña Verde. De vuelta en su pueblo, jugaba a la gallinita ciega y al escondite con sus amigos, e iba al río a cazar renacuajos. Comía el delicioso dulce de leche casero. Estaba nuevamente en su casa y se sentía feliz.

Pronto sus padres empezaron a preocuparse.

—Pasas demasiado tiempo en tu cuarto —le decían.

Pero Jaime no hacía caso. Era feliz mientras vivía aventuras con sus mejores amigos en la cálida y soleada Montaña Verde.

5

NUEVOS AMIGOS

EN LA MAÑANA DE NAVIDAD, Jaime despertó con mucha agitación. Corrió a la sala esperando encontrar muchos regalos, como ocurría cada Navidad allá en su tierra. Pero todo lo que vio fue una bota de Navidad para él y otra para Marietta. Lo que más había deseado era un trineo o los patines, o alguna otra buena sorpresa. En cambio, lo que encontró dentro de la bota fue un nuevo camión de juguete, varias prendas de vestir y un nuevo maletín escolar con lápices, un sacapuntas y una goma de borrar. Le resultó difícil ocultar su desilusión.

—Es para cuando vayas a tu nueva escuela —le dijo su mamá.

—Deja de estar resentido —lo regañó su papá—. No sabes qué afortunado eres de vivir en este apartamento y de tener tantos juguetes. Hay niños que pasan hambre y no tienen nada, y nunca han tenido un juguete. ¡Así que basta ya!

Jaime estaba cansado de oír a su padre decirle cuán afortunado era él. No tenía un solo amigo, y no se consideraba afortunado en absoluto. Si no fuera por su concha de caracol, se hubiera sentido realmente desdichado.

Una mañana, cuando acababa de regresar de otra maravillosa visita a Montaña Verde y se disponía a guardar la concha, oyó fuertes voces que provenían de la cocina.

—Se pasa todo el tiempo en su cuarto. ¡Tenemos que hacer algo con ese niño! —gritaba su padre—. Jaime necesita salir de este apartamento y tomar un poco de aire.

Su madre estuvo de acuerdo y ambos decidieron que, en adelante, ella llevaría a Jaime a dar un paseo todos los días. Pero a Jaime no le gustó esa idea y siempre se quejaba de toda la ropa que tenía que ponerse.

—No puedo ni siquiera moverme. Y, además, no quiero jugar solo —le dijo en una ocasión.

—No importa —insistió su mamá—. El frío dará color a tus mejillas. Además, tengo que ir de compras y llevar a Marietta de paseo, y no puedes quedarte solo.

Jaime se encogió de hombros, sabiendo que tendría que ir, le gustase o no.

Al regresar esa tarde de las compras, Jaime vio unos niños que corrían y se divertían al sol en el parque del vecindario.

—Vamos al parque —dijo su mamá, esperando que se interesara en jugar al aire libre—. Quiero llevar a Marietta al columpio.

—Bueno —dijo Jaime.

Complacida de que él no se opusiera, su madre eligió un banco al sol. Jaime vio entonces al niño que le había sonreído en el ascensor. El chico también pareció reconocerlo a él, porque dejó de jugar con la pelota al verlo. Poco a poco se fue acercando al banco y ambos intercambiaron una sonrisa.

Como si esperara que Jaime dijese algo, el otro continuó haciendo rebotar la pelota. Pero Jaime, repentinamente, se sintió cohibido. "¿Qué puedo decirle?," pensó Jaime. "Al fin y al cabo, no sé hablar inglés."

Decepcionado, Jaime vio como el muchacho corrió a jugar con sus compañeros.

—Me parece que ese niño quiere jugar contigo —dijo su mamá.

—Pero, ¿qué puedo hacer yo? —dijo Jaime.

—Podrías decir "*hello*". Tu padre te ha enseñado algunas palabras en inglés. ¿Por qué no tratas? —lo exhortó ella.

Pero Jaime no había prestado mucha atención cuando su padre había tratado de enseñarle inglés. Ahora lamentaba no haber puesto más atención.

Justo en ese momento la pelota rodó hasta el banco donde estaba sentado con su mamá. Jaime la tomó y la lanzó de vuelta.

—*Thanks!* —gritó el niño, haciendo una señal con la mano a Jaime, que éste devolvió.

—¿No te digo? —instó su mamá—. ¿Por qué no vas a jugar con ellos?

—No, no quiero —repuso Jaime—. ¿Qué pasa si no les caigo bien?

—Yo sé que le caes bien a ese chico —dijo ella.

Pero Jaime se sentía demasiado tímido

como para acercarse a los niños, y quiso regresar a su casa.

Esa noche, durante la cena, habló con su papá.

—Papá, ¿puedes ayudarme otra vez con el inglés?

—¡Así me gusta! —respondió su papá, muy contento de que finalmente Jaime se interesara en aprender inglés. Y después de cenar, su papá le enseñó a decir: *Hello, my name is Jaime. How are you? I'm fine. Goodbye.*

A la tarde siguiente, su mamá lo llevó al parque, pero cuando Jaime vio que ninguno de los niños estaba allí se sintió decepcionado. Empujó a Marietta en el columpio y esperó. Después de un rato, llevó a su hermanita al banco donde estaba sentada su mamá y dijo:

—Más vale que regresemos a casa.

Estaban ya por marcharse cuando Jaime vio al simpático niño pelirrojo que llegaba con los otros chicos. Esta vez, el niño saludó a Jaime con la mano y momentos más tarde se acercó. Haciendo rebotar varias veces la pelota, sonrió a Jaime y le dijo:

—*Hi! I'm Peter. Who are you?*

Jaime comprendió. Señalándose a sí mismo, trató de responder como su padre le había enseñado:

—*Hello.* Me llamo Jaime. ¡Jaime!

Peter se volvió hacia sus amigos y les explicó que Jaime no hablaba inglés. Los otros asintieron con la cabeza y sonrieron a Jaime.

—*You want to play, Jaime?* —preguntó Peter, señalando a Jaime, y luego a sí mismo y a los otros niños.

—Anda, Jaime —lo alentó su mamá—. Ve con ellos. Él quiere que juegues.

—*Come on* —dijo Peter, y le indicó con un gesto que lo siguiera.

—Ve a jugar —lo exhortó su mamá—. Estaremos aquí si quieres volver. Marietta está contenta en su cochecito.

Jaime se fue corriendo con Peter hasta las barras. Peter señaló a cada uno de los presentes a medida que decía sus nombres.

—*This is Kevin and Gina and Sheila. His name is Jaime.*

Jaime estaba tan entusiasmado que no pudo memorizar ninguno de los nombres.

—*Let's play follow the leader* —dijo Kevin.

—*Follow me!* —gritó Peter.

Jaime no comprendía lo que decían, pero seguía a los otros e imitaba todo lo que hacían. Se trepó a las barras, montó en el subibaja, escaló peldaños difíciles y se divirtió en grande.

—*What school do you go to?* —preguntó Kevin a Jaime.

Jaime se encogió de hombros. Entendió que Kevin le preguntaba algo acerca de su escuela. Pero no supo cómo contestar.

—*Jaime can't speak English too good* —dijo Peter—. *I heard his mom talking to him in Spanish. I think he only speaks Spanish.*

—*Spanish*, sí, sí —dijo Jaime, asintiendo con la cabeza y sonriendo.

Entonces los niños dijeron algo más y todos se rieron. Jaime se rió también, aunque no comprendió lo que dijeron. Lo único que sabía era que no se había divertido tanto desde que llegara a Nueva York.

En esos momentos, Jaime oyó que su madre

lo llamaba. Era hora de volver a casa. Él quería seguir jugando y le preguntó a su mamá si podían quedarse un rato más. Pero ella le explicó que debían regresar porque tenía que preparar la cena.

—*Come out and play again, Jaime* —dijo Peter.

—*See you!* —gritaron los otros niños.

—*See you!* —repitió Jaime. Y, recordando las lecciones de su papá, agregó:— *Good-bye. I'm fine!*

Los niños se rieron con ganas. Jaime sonrió y les dijo adiós con la mano. En realidad, se había sentido muy a gusto con ellos.

Esa noche, al acostarse, Jaime no podía dejar de pensar en que al día siguiente se reuniría con sus amigos otra vez.

La tarde del día siguiente, mientras su mamá vestía a Marietta para salir a jugar, Jaime miró por la ventana. Algo era distinto afuera. ¡Caían copos de nieve! ¡Los copos revoloteaban y danzaban en el aire! La ciudad se cubría con un manto de nieve.

Nunca nevaba en Montaña Verde. Allá el clima era tropical, demasiado cálido para que nevara. Aun en Navidad, uno podía jugar al sol e ir a nadar. Jaime sólo había visto nieve en libros ilustrados y en fotos, pero nunca de verdad. En su tierra, todo el mundo hablaba de la nieve, pero nadie la había visto. Existía una leyenda, hecha popular por los narradores del Caribe, que contaba a los niños cómo se había creado la nieve y muchos creían que era verdad.

La nieve es mágica, decía el cuento, *porque cuando el dios Sol está dormido, los ángeles del cielo tienen mucho frío y lloran. Sus lágrimas se congelan y forman copos que caen a la tierra convertidos en nieve. Cuando el dios Sol se despierta, la nieve se derrite. Los ángeles entran en calor y sonríen. Y así, hasta la próxima vez.*

Algunos niños creían que la nieve era realmente mágica, y Jaime era uno de ellos. Pero su padre le había dicho que la nieve no era mágica. Le explicó que la nieve se formaba del vapor de agua helada muy alto en la atmósfera.

Jaime había escuchado sin comprender

muy bien la explicación de su padre. Y todavía se preguntaba si el cuento acerca de los ángeles no sería verdad. A veces se ponía a observar las nubes, esperando descubrir algún ángel.

"¿Será realmente mágica la nieve?", susurró para sí. ¡Ahora podría averiguarlo!

Jaime corrió a buscar a su madre y a su hermanita, y las empujó hacia la ventana.

—¡Nieve! Mami... ¡nieve! —gritó Marietta, riendo y señalando afuera con la mano. La ciudad estaba cubierta de blanco.

Su mamá terminó de vestir a Marietta y se aseguró de que Jaime se pusiera la bufanda y las botas. Entonces salieron los tres y se encaminaron al parque.

Jaime sentía palpitar su corazón. ¿Cómo sería tocar un copo de nieve? ¿Qué sabor tendría? Se quitó un guante y palpó los copos que se derretían al contacto con su mano.

Parecían las gotas de rocío que caían al amanecer sobre Montaña Verde. Jaime se lamió la palma de la mano y encontró que sabía igual que el agua fresca en el lecho del

río allá en su tierra.

Al llegar al parque, Jaime oyó a los niños que lo llamaban por su nombre. Le hicieron señas con la mano y él devolvió el saludo del mismo modo mientras corría hacia ellos resbalando en la nieve.

Pasaron toda la tarde dándose caza unos a otros y revolcándose en la nieve. Trataron de hacer muñecos de nieve, pero ésta estaba muy blanda. Jaime, Peter y Kevin jugaron una batalla de bolas de nieve contra Sheila y Gina.

—*Isn't this fun?* —gritó Peter.

—*Isn't this fun?* —repitió Jaime.

—*You're a funny kid!* —dijo Sheila, y Jaime se echó a reír junto con los otros.

Aquello era tan divertido como jugar con sus amiguitos allá en su tierra. Lo mejor de todo era que él y sus nuevos amigos vivían todos en los mismos edificios de apartamentos. Eso significaba que podían reunirse en el parque a jugar todos los días.

Esa noche, poco antes de dormirse, Jaime se acordó de la concha de caracol. Pero cuando fue a buscar la caja, no pudo encontrarla en ninguna parte. Bostezando de sueño, decidió que estaba muy cansado para seguir buscando.

"También estoy demasiado cansado para visitar Montaña Verde ahora", se dijo Jaime con otro bostezo, y pronto se quedó profundamente dormido.

Soñó que se deslizaba por la nieve en un reluciente trineo rojo y que patinaba en el hielo con un par de magníficos patines, en compañía de sus nuevos amigos.

6

NUEVOS AMIGOS Y UNA NUEVA ESCUELA

DURANTE LOS DOS MESES siguientes, Jaime se encontraba, casi todas las tardes, con sus amigos en el parque para jugar. Cada día Jaime aprendía nuevas palabras y frases en inglés, y cometía menos errores al hablar.

Pronto pudo comunicarse sin trabas con los otros niños y hasta les enseñó algunas palabras en español.

—"Mira" quiere decir *look* —les decía—. "Bueno" quiere decir *good*.

Ahora, cuando jugaban al corre que te pillo, los chicos gritaban:

—"¡Mira, mira!" —O, cuando uno de ellos ganaba a la rayuela: —"¡Bueno, bueno!"

Jaime disfrutaba jugando con Kevin, Gina y Sheila. Pero su mejor amigo era Peter.

Peter vivía en el octavo piso del mismo edificio de Jaime. Los muchachos tenían permiso para visitarse con frecuencia. Era estupendo sólo tener que tomar el ascensor para visitar a Peter. Y era maravilloso tener otra vez un buen amigo.

A Jaime le gustaba entretenerse con los juegos de *Nintendo* que tenía Peter. Éste, a su vez, se divertía construyendo cosas con el juego de construcciones *Lego* de Jaime.

Sus madres también se hicieron amigas. La señora Shaw, la mamá de Peter, ayudaba a la de Jaime con sus tareas de inglés. Y la mamá de Jaime, por su parte, daba clases de español a la señora Shaw. La mamá de Jaime había trabajado de enfermera en la República Dominicana; ahora estudiaba inglés dos noches por semana en la escuela pública.

—Tan pronto como sepa bien inglés, solicitaré la licencia para trabajar de enfermera —le dijo a la señora Shaw—. Para entonces, nuestra familia ya estará bien establecida aquí.

—Yo estudié español en la escuela, pero lo olvidé casi por completo —le dijo la señora Shaw—. Ahora estoy empezando a recordar todo, y así podremos hablar en ambos idiomas. ¡Qué maravilloso!

La madre de Jaime le enseñó a la señora Shaw cómo hacer dulce de coco, y ésta le enseñó a la madre de Jaime a hacer bizcochos de chocolate y nueces.

Las dos pasaban mucho tiempo juntas y, en ocasiones, las familias se reunían para tomar café y probar los postres. Poco a poco, su amistad se afianzaba.

—La señora Shaw es muy agradable —le dijo a Jaime su mamá—. No es de extrañar que Peter sea un chico tan simpático.

A principios de febrero se recibieron, finalmente, los papeles de la escuela de Jaime.

—¡Por fin! —anunció su papá, mostrando un sobre grande de papel manila —. El lunes empezarás la escuela.

Jaime fue asignado al segundo grado en vez del tercero, donde estaban sus amigos. Se sintió decepcionado, además, porque los otros niños de su clase eran más jóvenes que él.

—Bueno, por lo menos no te van a fastidiar

—le dijo Peter—. Como eres mayor, ya saben que puedes pegarles.

—Esto es sólo temporalmente —explicó a sus padres el señor Phillips, el director—. Jaime es un chico inteligente y, tan pronto como mejore su inglés al nivel requerido, lo cambiaremos al grado que le corresponde.

Entretanto, Jaime empezó a recibir clases especiales de inglés todas las tardes. En su grupo había otros dos chicos: una niña llamada Kim, que era de Corea del Sur, y un niño llamado Alberto, que era de Colombia.

A Jaime le gustaba la escuela, y en especial, las clases con el señor Salas, su tutor. El señor Salas les dijo a cada uno que tenían que presentar un informe oral sobre su país de origen. La presentación debía incluir un mapa y dibujos.

Kim les contó acerca de Seúl, la capital de Corea del Sur:

—Seúl es una ciudad muy grande, abarrotada de gente y edificios —dijo, señalando un gran mapa de Corea del Sur, y mostrando también fotografías recortadas de revistas—.

Es como la ciudad de Nueva York. Los inviernos son muy fríos, lo mismo que aquí.

—Bogotá, donde yo nací, es la capital de Colombia —dijo Alberto, mostrando un mapa de América del Sur—. Bogotá es una ciudad grande, pero no tanto como Nueva York. El tiempo nunca es muy frío pero tampoco llega a ser muy caluroso. Mi padre dice que es siempre como la primavera aquí, en Nueva York.

Alberto presentó muchas fotografías.

Jaime habló de su pueblo en la República Dominicana. Él también mostró fotografías de su tierra y un mapa de la República Dominicana.

—Yo vivía en un pueblo en las montañas al norte del país, no lejos de Puerto Plata que es la ciudad más grande de la región. Santo Domingo, la capital, es la ciudad más grande de mi país —dijo Jaime—. Yo visitaba a mis primos que viven allá. El tiempo en la República Dominicana es cálido. A veces hace mucho calor, aunque siempre es más fresco en las montañas. Pero uno nunca necesita abrigo, ni bufanda y guantes . . . como aquí.

Después de las clases de inglés, los niños
tenían algún tiempo libre. Entonces Jaime y
Alberto se reunían para hablar. A Jaime le
gustaba conversar con Alberto. Hacía mucho
tiempo que Jaime no hablaba en español con
alguien de su edad. El barrio de Alberto estaba a varias millas de distancia de donde

vivía Jaime, en una parte de Queens donde había muchos latinos. Allí había bodegas y muchos restaurantes caribeños.

—A ti te gustaría, Jaime. La mayoría de la gente habla español —le dijo Alberto.

Jaime conocía la zona, porque sus padres hacían las compras allá los fines de semana.

—Mi mamá se puso contenta cuando supo de ese barrio —le dijo Jaime a Alberto—. A ella le gusta comprar plátanos y mangos, y todo lo que necesita para preparar comidas dominicanas, igual que en nuestro país. Mi papá hasta alquila vídeos en español en las tiendas de tu barrio.

—¿Entonces por qué no se mudaron a nuestro barrio? —preguntó Alberto.

—Mi padre dijo que teníamos que vivir cerca de su trabajo. Su compañía nos consiguió el apartamento y el carro que tenemos —explicó Jaime—. Además, me gusta donde vivimos. Hay un parque estupendo y tengo muy buenos amigos. ¡Eh! . . . tal vez puedas venir a mi casa, Alberto. Le preguntaré a mamá.

Cuando Jaime habló con su mamá, ella le

recordó que estaba cerca la fecha dc su cumpleaños.

—¿Por qué no invitas a Alberto a tu fiesta?

—¿Puedo invitar también a Kim? —preguntó él.

—Puedes invitar a todos tus amigos —respondió su mamá.

—¡Fantástico! —exclamó Jaime, loco de contento.

7

¡FELIZ CUMPLEAÑOS!

PARA LA FECHA de su cumpleaños, Jaime ya tenía muchos amigos y uno en especial. El inglés le resultaba cada vez más fácil. Ahora hasta había momentos en que pensaba en inglés.

De vez en cuando, sin embargo, Jaime se acordaba de Wilfredo, Lucy y Sarita, e incluso imaginaba cómo disfrutarían ellos jugar en la nieve. Cada vez que planeaba escribirles, se encontraba ocupado con sus amigos o estudiando mucho para la escuela a fin de poder pasar al tercer grado.

Algunas noches, cuando se hallaba solo en su cuarto, pensaba en tío Ernesto y en usar otra vez la concha de caracol para visitar su tierra. Pero por una causa u otra siempre se olvidaba. En verdad, últimamente rara vez se acordaba de Montaña Verde.

Con el tiempo, el tío Ernesto y la concha pasaron completamente al olvido.

Cuando Jaime oyó el timbre ya estaba listo y esperando, y abrió rápidamente la puerta.

—¡Feliz cumpleaños! —gritó Peter, que fue el primero en llegar. Ese día era sábado . . . y se celebraba el cumpleaños de Jaime.

El timbre no tardó en sonar nuevamente y esta vez eran Sheila y Gina. Luego llegaron juntos Kevin, Alberto y Kim.

—Todo el mundo está aquí —anunció Jaime—. ¡Ya podemos empezar la fiesta!

Todos comieron pizza, la comida favorita de Jaime, perros calientes y hamburguesas con queso. Inflaron globos y jugaron al escondite y a la gallinita ciega. Alberto ganó el juego de las sillas, por ser el último en sentarse.

Finalmente, la mamá de Jaime trajo el pastel de cumpleaños, hecho de chocolate, y todos le cantaron *Happy Birthday*. Entonces los padres de Jaime, junto con Alberto, cantaron "Feliz cumpleaños", mientras los demás trataban de seguir la letra en español.

—¡Pide un deseo! —gritaron todos.

Jaime cerró los ojos y pidió el trineo rojo que había visto en la tienda y un par de patines de hielo. Luego respiró hondo y sopló todas las velitas.

Jaime y sus amigos comieron pastel, helados y dulce de maní, el dulce favorito de Jaime. Su madre lo había hecho ella misma. Todo el mundo lo estaba pasando maravillosamente.

Cuando llegó el momento de abrir los regalos, la madre de Jaime le entregó un pequeño paquete.

—Abre éste primero —le dijo—. Es del tío Ernesto.

Jaime leyó la carta de su tío-abuelo:

"Montaña Verde siempre te recuerda.

Feliz cumpleaños."

Tío Ernesto.

Y cuando abrió el paquete apenas podía creer lo que veía. Tío Ernesto le había enviado su estatua preferida, del niño pescando en el río. Jaime la acarició y se sintió feliz. Era como si el tío Ernesto estuviera allí con él para su cumpleaños.

Abrió los otros regalos y encontró libros, rompecabezas, un coche de bomberos y prendas de vestir. Pero los mejores regalos fueron los de sus padres: ¡un reluciente trineo rojo y

un par de patines para hielo de brillantes cuchillas plateadas!

A Jaime le costaba creerlo. ¡No sólo había recibido el trineo rojo, sino también los patines!

—¡Fantástico! —exclamó.

El trineo era exactamente igual al que había visto en la tienda, y los patines eran como los que había visto usar a los patinadores.

—La semana que viene tal vez te llevemos a *Rockefeller Center* —dijo su mamá— y podrás probar tus patines nuevos.

—Mañana te llevaré al parque para que puedas montar en el trineo —le dijo su papá.

—¿Puedo decirle a Peter que venga también? —preguntó Jaime.

—Por supuesto —respondió su papá, complacido de ver a su hijo tan alegre.

Jaime se sentía realmente dichoso. Había sido la mejor fiesta de cumpleaños que tuviera en su vida.

Esa noche, ya acostado en su cama, contemplaba admirado sus nuevos juguetes. Alargó la mano para tocar el reluciente trineo y tiró, accidentalmente, la pequeña estatua de madera que le enviara el tío Ernesto. Por suerte no se rompió.

Al recoger la escultura, Jaime tuvo la sensación de que iba, con todos sus amigos, al lecho del río en busca de renacuajos. Incluso, hasta pudo ver la cabaña de madera del tío Ernesto, donde sus amigos bebían limonada dulce. "Si Wilfredo, Lucy y Sarita pudieran verme ahora," pensó Jaime. "¿Qué pensarían?"

Súbitamente, tuvo ganas de volver a Montaña Verde y de estar con sus amigos una vez más.

Entonces buscó rápidamente la concha. Hacía mucho tiempo que no la usaba y ni siquiera recordaba dónde la había puesto. Luego de buscarla por todo el cuarto, halló la caja en el fondo de su armario.

Jaime se sentó a escuchar. Pero la concha se mantuvo silenciosa y quieta. No se escuchaba el rugido del mar, ni se veían luces o el arco iris. Nada sucedía.

Trató una y otra vez. Pero todo continuaba igual. Se quedó simplemente sentado en la cama, sosteniendo la concha y esperando. Por último, ya cansado, murmuró:

—Quizá mañana vuelva a tratar otra vez. A lo mejor, también me decido a escribirles a mis amigos, como les prometí.

Jaime apoyó la cabeza en la almohada y comenzó a pensar en todo lo que les contaría a sus amigos de Montaña Verde, hasta que al fin el sueño lo rindió.

8

UNA GRAN SORPRESA

A LA MAÑANA SIGUIENTE, al desper-
tar, Jaime se sorprendió de encontrar la concha de caracol frente a la puerta del armario.
Pero estaba demasiado ocupado preparán-
dose para ir al parque con su papá y Peter
para pensar en ello, de modo que volvió a
guardar la concha en el armario.

"Ahora no tengo tiempo", se dijo. "Otro día
trataré de nuevo". Y salió para ir a deslizarse
en su trineo.

Jaime lo pasó maravillosamente en la
nieve. Él y Peter se turnaron para andar en
el trineo rojo, y el papá de Jaime los ayudó a
deslizarse, empujándolos por las cuestas cu-
biertas de nieve.

Por la tarde, mientras Jaime guardaba
todos sus regalos, cogió otra vez la estatua del

niño pescando en el río, y nuevamente se acordó de cuánto se había divertido cuando buscaba renacuajos a la orilla del río.

"Voy a escribir a mis amigos de Montaña Verde", dijo para sí. Y preguntó a sus padres si podía comprar varias tarjetas postales.

—¡Magnífico, Jaime! Me alegra que te acuerdes de Montaña Verde —dijo su mamá—. Tía Carmen y tío Manuel nos dicen en sus cartas que tus amigos siempre preguntan por ti.

Esa misma tarde Jaime fue de compras con su familia. Compró tres tarjetas postales con fotografías, una para cada uno de sus amigos. Las tarjetas mostraban lugares conocidos de la ciudad de Nueva York.

Jaime envió una del rascacielos *Empire State* a Wilfredo, en la que escribió: "Aquí es donde se trepó King Kong, como vimos en la película".

La tarjeta de las Torres Gemelas fue para Lucy, y en ella escribió: "Son tan altas como nuestras montañas. Desde arriba puedo ver muy lejos por muchos kilómetros, otros dos estados".

Para Sarita eligió la del *Rockefeller Center*, y escribió: "Aquí es donde vendré a patinar en hielo con mis patines nuevos".

Jaime les contó acerca del viaje en avión y de sus nuevos amigos. Pero la noticia más emocionante era que había jugado en la nieve. Él sabía que les iba a gustar que les hablara de eso.

Una vez más, leyó lo que había escrito y se sintió feliz de saber que podía llegar a sus amigos sin necesidad de la concha. Ellos sabrían que aún los recordaba. Contento, puso en el correo las tarjetas postales.

En las semanas que siguieron se mantuvo ocupado. Hubo varias nevadas y Jaime jugó con sus amigos y les prestó su trineo rojo. Su padre los llevó a él y a Peter a la gran pista de hielo del *Rockefeller Center*. Jaime se puso los patines y, después de varias caídas, aprendió a mantenerse en pie.

Con el tiempo, Jaime fue capaz de patinar, correr velozmente y dar vueltas lo mismo que Peter y los otros chicos.

*   *   *

Al llegar la primavera, Jaime pasó al tercer grado. Se sintió feliz al comprobar que Kevin y Gina estaban en su misma clase.

—Tu maestro dice que vas muy bien —le dijo su mamá un día.

—Estamos muy satisfechos con tus notas —dijo su papá—. Sigue así y pronto tendremos una gran sorpresa para ti.

Jaime preguntó qué sería esa sorpresa, pero sus padres intercambiaron una mirada y sonrieron sin decir nada. Y aunque le mordía la curiosidad, Jaime estaba demasiado ocupado para insistir. Sus amigos lo esperaban en el parque.

Un día su madre le entregó unos sobres.

—Toma, Jaime. Estas cartas son para ti.

Jaime vio que eran de sus viejos amigos. Recibir noticias de Montaña Verde lo emocionó de tal manera que el corazón le palpitaba aceleradamente al leer las cartas. Todos decían que lo extrañaban mucho, especialmente Wilfredo.

"En el Día de la Independencia, el 27 de febrero, fuimos a Puerto Plata", decía Wilfredo. "Vimos los desfiles de carnaval. La gente llevaba máscaras y vestía disfraces fascinantes. Los músicos tocaron muchas piezas estupendas. Yo estuve con nuestra pandilla, pero no era lo mismo sin ti." La carta de Wilfredo contenía fotos de los bailarines y otros actos del carnaval.

"¿Es verdad que la nieve no tiene sabor?", preguntaba Lucy en su carta. Ella también enviaba fotografías de ella y de los otros chicos.

"Por favor, envíanos fotos tuyas en la nieve", escribía Sarita. Su carta contenía varios dibujos hechos por ella con lápices de colores. A Sarita le gustaba dibujar.

Jaime se alegró de comprobar que todavía lo recordaban y lo echaban de menos.

Sus padres le dieron varias fotografías para enviar a sus amigos. En esas fotos aparecía Jaime jugando en la nieve con sus nuevos amigos. Había una que mostraba su trineo y en otra estaba él patinando con Peter en la gran pista de patinaje sobre hielo del *Rockefeller Center*.

—¡Cómo me gustaría verlos otra vez!

¿Creen que podremos volver de visita algún día?

Sus padres se miraron y sonrieron como si ocultaran un gran secreto.

—Jaime —dijo entonces su mamá—, creo que llegó la hora de que lo sepas: cuando terminen las clases . . . ¡volveremos todos a la República Dominicana para una larga visita!

Jaime no podía creer lo que acababa de oír.

—¿De veras? ¿A Montaña Verde? —preguntó.

—Sí —dijo su papá—. Mi compañía me envía a trabajar en un proyecto en Puerto Plata. ¡Eso quiere decir que estaremos allá la mayor parte del verano! Así que puedes escribir a tus amigos diciéndoles que pronto los volverás a ver.

Jaime les escribió y les envió fotografías. Cada una de las cartas terminaba diciendo: "¡Los veré en menos de un mes!"

—Mañana voy a enseñarles estas fotos de Montaña Verde a Peter y a los otros chicos —dijo.

Jaime no podía sentirse más feliz.

9

ADIÓS OTRA VEZ

ERA EL ÚLTIMO DÍA de escuela. En unos pocos días, Jaime y su familia estarían volando de regreso a su país. La mayoría de los amigos de Jaime irían al campamento de verano *Discovery*.

—Es una lástima que no puedas venir —dijo Peter.

—Hay una piscina fantástica. El año pasado, Peter y yo echamos una carrera nadando contra Johnnie y otro chico —dijo Kevin—. Ellos estaban por ganarnos, cuando a Johnnie le dieron retortijones de estómago. El custodio dijo que era porque había comido demasiada sandía antes de meterse en el agua. El caso es que perdieron terreno . . .

—¡Sí, y ganamos la carrera! —asintió Peter—, y estrechó la mano de Kevin.

—Hacemos fogatas —dijo Sheila.

—Y asamos perros calientes y hamburguesas —agregó Gina.

—Lo que más me gusta son los bombones de altea asados en palillo. Los bombones se queman por afuera y quedan blandos y gomosos por dentro. ¡Hmm, qué ricos! —dijo Sheila, lamiéndose los labios.

—Es verdad —confirmó Peter—. Todo lo que cocinamos allá sabe más rico.

Mientras sus amigos contaban lo bien que lo habían pasado en el campamento el verano anterior, Jaime se sintió fuera del grupo.

—Yo también haré cosas divertidas en Montaña Verde —comentó.

Pero los otros no demostraron interés. Estaban demasiado ocupados recordando las actividades del último verano en el campamento. Jaime los escuchó y pensó en todas las diversiones que se iba a perder.

—Ojalá pudiera ir con ustedes al campamento *Discovery* —les dijo.

—Mala suerte —dijo Peter.

—Sí . . . Quizás el año que viene —dijeron Kevin, Sheila y Gina.

Jaime asintió con la cabeza. Ahora no estaba tan contento de volver a Montaña Verde. Él ya sabía lo que le esperaba allá, mientras que aquí todo sería nuevo e interesante. Cuanto más pensaba en el campamento de verano, más malhumorado se ponía. Un día, hasta tuvo un ataque de furia.

—No toques mis juguetes —le gritó a Marietta, empujándola y haciéndola llorar.

—Basta ya —le advirtió su madre—. ¿Qué es lo que te tiene tan enojado?

Pero Jaime no le contestó; sencillamente, salió del cuarto con paso firme.

—¿Por qué tengo que ir? —se preguntaba Jaime—. Yo estoy feliz aquí ahora. Tengo buenos amigos. No quiero volver a Montaña Verde —rezongó, haciendo volar por el aire su camión de juguete con una patada.

Cada día estaba más susceptible. Hasta que su padre tuvo que hablar seriamente con él.

—Jaime, tienes que dejar de comportarte como un niño mimado. ¿Qué es lo que pasa? Dentro de unos días iremos a Montaña Verde. Creí que te iba a alegrar poder ver otra vez a tus amigos.

—¡Yo no quiero ir! —protestó Jaime—. Ya tengo amigos aquí. ¿Por qué no puedo quedarme? La mayoría de los chicos van a ir a un campamento de verano fantástico. Ahí es adonde quiero ir.

—Eso no es posible —declaró su papá—. Ya está todo planeado y vamos a viajar.

—Pero, papá, me voy a perder una gran diversión . . .

—Vamos a volver —le aseguró su papá—. No es que vayamos a quedarnos para siempre en Montaña Verde. Tal vez el próximo verano puedas ir a un campamento de verano.

Pero Jaime se cruzó de brazos y se sentó malhumorado.

—Déjate de actuar como un tonto —dijo su mamá—. Primero no querías vivir aquí. Ahora no quieres volver ni aun de visita.

—Creo que estás actuando de una forma egoísta —dijo su papá—. Te agrada que tus amigos y parientes te echen de menos en Montaña Verde, pero quieres quedarte aquí para ir al campamento de verano con tus amigos.

Su padre parecía irritado.

—La gente egoísta que lo quiere todo, muchas veces no consigue nada —dijo, recriminando severamente a Jaime con el dedo—. La familia y los amigos esperan ansiosos nuestra visita. ¿Por qué no piensas un poco en los sentimientos de ellos, jovencito?

Sus padres estaban realmente enojados y mandaron a Jaime a su cuarto por el resto del día.

Jaime se sentó en su cama, tratando de pensar en los buenos momentos pasados con Wilfredo y sus otros amigos allá en el pueblo.

Pero todo había cambiado. Ahora estaba acostumbrado a sus nuevos amigos, a su barrio y a su escuela del condado de Queens, en Nueva York. ¿Y si sus nuevos amigos se habituaban a su ausencia? ¿Y si no lo querían ya como amigo cuando volviera? . . .

En realidad, Jaime sólo deseaba quedarse para poder ir al campamento con Peter, Kevin, Sheila Y Gina.

Finalmente, llegó el día en que tuvo que ayudar a empacar sus cosas. Al abrir la puerta de su armario, se encontró con la caja de la concha. Sin pensarlo, la empujó hacia el fondo del armario.

Poco más tarde, cuando se sentó en la cama, notó un bulto debajo de la manta y, al apartarlo, allí estaba la caja . . . ¡otra vez!

—Creí haberla guardado —murmuró para sí, rascándose la cabeza.

Jaime abrió la caja. En su interior estaba la concha de caracol. Después de pensar por un momento, la tomó en sus manos y trató nuevamente de oír el rumor del mar. Se concentró y esperó.

Pero nada ocurrió.

—¡Qué basura! —dijo Jaime, indignado con la concha de caracol.

Pero al ir a ponerla de nuevo en la caja, fue casi como si se le saltara de las manos.

"Algo raro pasa aquí", susurró. "Voy a llevarla conmigo de vuelta a Montaña Verde y se la mostraré al tío Ernesto".

Jaime pensó quc así podría contarle al tío Ernesto todas las cosas extrañas de aquella concha de caracol. Y ésta no se movió en lo más mínimo cuando finalmente la guardó en la maleta.

10

MONTAÑA VERDE

TÍA CARMEN Y TÍO MANUEL los esperaban en el aeropuerto. Jaime debió contener su impaciencia hasta que terminaran los abrazos, besos y llantos de alegría.

Cuando todos subieron finalmente al jeep verde de su tío, Jaime lanzó un suspiro de alivio y concentró su atención en el camino que llevaba a su pueblo.

—Jaime, prueba un poco de mi dulce de maní —dijo la tía Carmen, dándole una generosa porción—. Lo hice especialmente para ti.

—¡Mi favorito! —exclamó Jaime, mordiendo un gran bocado. El sabor del maní endulzado le llenó la boca mientras paladeaba la crujiente golosina.

—Me enteré de que hablas inglés como un

verdadero yanqui, Jaime —dijo riendo su tío Manuel.

—Hasta Marietta sabe decir muchas palabras en inglés —dijo su madre.

—Espero que no vaya a olvidar su idioma —dijo la tía Carmen.

—No te preocupes, Carmen. No dejaremos que Marietta o Jaime se olviden de la República Dominicana, donde nacieron. Seguirán hablando como dominicanos —le aseguró su papá.

—Pedro y yo siempre les hablamos en español —agregó su mamá—. También nos aseguraremos de que lean y escriban en nuestro idioma.

—Además —dijo su papá—, en el futuro los haremos venir a Montaña Verde durante las vacaciones escolares. Nada se perderá.

Jaime prestaba poca atención a la conversación de los adultos que giraba sobre las novedades ocurridas en el pueblo. Todo era tan tranquilo allí. Tan distinto a la vida en Nueva York. No había tráfico ni calles atestadas de gente.

Respiró profundamente, disfrutando los familiares aromas dulces y penetrantes de la campiña tropical. Coloridas flores silvestres cubrían las cumbres y bajaban hasta el borde del camino. Los pájaros gorjeaban entre las copas de los árboles que bordeaban los estrechos senderos. Grupos de mariposas danzaban sobre las flores silvestres. El cálido sol deslumbraba en un cielo azul brillante y hacía resplandecer todo.

Jaime se dejó acariciar por la fresca brisa de la montaña. Había olvidado cuán hermosa era la República Dominicana. También había olvidado cuánto amaba aquellas hermosas montañas del norte.

Finalmente, salieron de la carretera prin-

cipal y subieron por el serpenteante camino que llevaba a Montaña Verde.

Cuando llegaron a casa de su tío, Jaime vio su bicicleta a un costado de la casa.

—¡Qué bueno! —gritó, saltando del jeep. Se montó entonces en la bicicleta y comenzó a pedalear de arriba abajo por el camino del frente. Después de tanto tiempo, le parecía maravilloso volver a andar en su bicicleta.

—Jaime, ve primero a lavarte y cambiarte —le ordenó su mamá—. Luego podrás jugar.

Después del almuerzo, Jaime oyó que llamaban a la puerta. Corrió afuera y se encontró con Wilfredo, Lucy y Sarita.

—¡Jaime! ¡Mírenlo aquí, es Jaime! —gritaron sus amigos.

—Les traje algunos regalos —anunció él—. Entren.

Jaime entregó a Wilfredo una caña de pescar con una caja azul, y le dijo:

—Pensé que lo podrías utilizar para ir a pescar.

A Lucy le dio un bonito juego de bádminton. A ella le encantaba jugar al bádminton, lo cual no era de extrañar porque ganaba casi siempre.

Para Sarita había traído un juego de acuarelas y una libreta de papel especial.

—Podrás pintar bonitos cuadros —le dijo.

Todos ellos se mostraron contentísimos con los regalos.

—¡Ahora podemos ir a jugar! —gritó Jaime—. Ha pasado mucho tiempo desde la última vez que fuimos al río.

—¡Sí, vamos a cazar renacuajos! —propuso Wilfredo.

—¡Eh, Jaime, juguemos al corre que te pillo! —dijo Lucy tocándole el hombro.

—¡Yo les ganaré a todos! —desafió Sarita, y salió a la carrera.

Jaime corrió cuesta arriba atrás de sus amigos.

—¡Tocada! —gritó, pillando a Sarita.

—No . . . —dijo Sarita con una risa nerviosa, y enseguida pilló a Lucy—. ¡Tú te quedas!

—¡Bueno, esto sí que es divertido! —gritó Jaime.

Era maravilloso correr así libremente otra vez. Miró las montañas verdes, las flores y las mariposas, y sintió la tierra blanda bajo sus pies. Lágrimas de felicidad le llenaron los ojos. Jaime se alegraba de haber vuelto a su pueblo de la montaña, de hallarse una vez más entre sus amigos.

Los días transcurrían. Jaime jugaba a la gallinita ciega y al escondite con sus amigos. Viajó con su familia a la playa de Sosua, en donde nadó y dio un paseo en bote.

Carlos, su primo mayor, trató de enseñarle el surf a vela. Al principio, Jaime se caía siempre de la tabla de surf y perdía la vela. Pero con el tiempo logró aprender.

—No eres un campeón todavía —dijo Carlos—, pero la próxima vez que vengas, serás un poco mayor y lo harás mejor.

Jaime comió muchos mangos y dulce de maní. Una vez su familia lo llevó a la capital, a visitar a su tío Jorge y a otros parientes. El tío Jorge se alegró muchísimo al ver qué rápido había aprendido inglés, y burlonamente le preguntó:

—Jaime, ¿cómo se dice: *"No, gracias"*, o *"Es mucho dinero"?*

Cuando Jaime le contestó en perfecto inglés, todos se rieron.

—Éste es un chico listo —dijo el tío Jorge, y los demás familiares asintieron.

Complacido, Jaime les contó acerca de Nueva York. Les habló de su escuela y de los juegos en la nieve con sus amigos y, de repente, sintió nostalgia por Nueva York.

Desde Puerto Plata, les había enviado postales a Peter y a los demás. Ahora se preguntaba qué estarían haciendo Peter, Sheila, Kevin, Gina y los otros chicos. ¿Estarían divirtiéndose en el campamento? Jaime sabía que no volvería a verlos hasta casi terminado el verano.

Pero a medida que transcurría el tiempo y Jaime disfrutaba de sus maravillosas vacaciones, comenzó a olvidarse de Nueva York. De regreso a Montaña Verde se dedicó a jugar con sus amigos por el resto de la temporada.

Una mañana, como de costumbre, se despertó con el cantar de los gallos. Echó un vistazo al calendario que colgaba de la pared y vio el círculo rojo que marcaba el 25 de agosto. ¡No podía creerlo! ¡Sus hermosas vacaciones llegaban a su fin! Dos días más y tendrían que partir para Nueva York.

Esa tarde, Jaime invitó a Wilfredo, Lucy y Sarita a que vinieran a visitarlo en Nueva York para Navidad. Jaime se puso contentísimo cuando la familia de Wilfredo dijo que quizás era posible.

—Tal vez tengamos una blanca Navidad y podrás ver la nieve —dijo Jaime a Wilfredo.

—¿Me enseñarás a patinar en el hielo? —preguntó Wilfredo.

—¡Desde luego! —asintió Jaime.

Lucy y Sarita tenían la esperanza de poder ir ellas también a visitar a Jaime en la Navidad siguiente.

Ahora que llegaba la fecha de volver, Jaime no podía dejar de pensar en el ruidoso tráfico y los edificios altos. La ciudad de Nueva York parecía tan lejana que hasta la nieve, su trineo y los patines le resultaban cosas imaginarias. Dio vueltas y vueltas en la cama, sin poder dormirse.

—Es casi como otro mundo —murmuró Jaime—. Entonces recordó a sus amigos. ¿Lo aceptarían nuevamente? ¿Cómo lo recibirían Peter y los otros? "Espero que todavía me quieran en el grupo", se dijo, preocupado.

Al dar otra vuelta en la cama, notó algo junto a él. Era la caja con la concha. No recordaba haberla dejado en la cama. En verdad, se había olvidado totalmente de ella. Hasta había visitado varias veces a su tío abuelo y le había dado las gracias por la estatua de madera del niño pescando en el río. Pero en ningún momento le había mencionado la concha de caracol.

Al día siguiente iría a visitar al tío Ernesto y entonces hablaría con él.

—Y te llevaré conmigo —le dijo a la concha.

Al amanecer del nuevo día, con el canto de los gallos, Jaime se marchó cuesta arriba en su bicicleta por la sinuosa senda de tierra. Varias veces se detuvo a descansar y observó la neblina que se evaporaba en las montañas bajo el ardiente sol.

—Tío —dijo Jaime con tono triste cuando

llegó a la cabaña de su tío-abuelo—, pronto tendremos que irnos otra vez.

—Lo sé —dijo el tío Ernesto—. Te esperaba.

—Ya no funciona —dijo Jaime, entregándole la caja con la concha de caracol—. Ha perdido su poder mágico. Solía traerme a Montaña Verde cuando estaba en Nueva York. Ahora no hace nada.

—Yo te dije, Jaime, que ésta es una concha especial. Sólo tiene el poder mágico que *tú* puedas darle —dijo el tío Ernesto, tomando la caja e indicando a Jaime que se sentara.

Le dio un poco de limonada fresca y sacó entonces la concha de la caja.

—¿Qué te preocupa, Jaime? ¿Qué quieres recordar?

—Tengo miedo de volver a Nueva York, de que no me guste vivir allá y de que mis amigos ya no me quieran como antes.

—Toma —dijo el tío Ernesto, y le devolvió la concha a Jaime—. Ahora trata de recordar.

Jaime tomó la concha y se la acercó al oído. Concentrándose, pensó en el parque allá en

Nueva York. Pensó en sus amigos y en lo mucho que se habían divertido juntos.

De pronto, Jaime oyó el rugido del mar y notó que la concha destellaba en sus manos. El resplandor se hizo cada vez más brillante. Aparecieron unas nubes blancas y comenzaron a caer copos de nieve.

Asombrado, Jaime vio aparecer calles, edificios, aceras, arbustos y árboles, y todo estaba cubierto de nieve. Sintió el crujir de la nieve bajo las pisadas de sus botas.

Los fríos copos le resbalaban por la cara y se convertían en gotas de agua. Jaime aspiró el aire helado y húmedo mientras el tráfico y el gentío bullía a su alrededor.

Oyó que lo llamaban por su nombre. ¡Allí estaban Peter, Gina, Kevin y Sheila! y le hacían señas para que se acercara.

Jaime patinó y resbaló con ellos. Tuvieron una batalla con bolas de nieve y se cazaron unos a otros, revolcándose después en una pila de nieve blanda.

Siguió absorto en sus pensamientos hasta que escuchó la voz de su tío Ernesto que lo llamaba. Jaime se encontró nuevamente en la cabaña de madera de su tío-abuelo.

—Jaime, parece que has recordado.

—¡Sí, tío, estuve allá! —exclamó Jaime—. Estuve en Nueva York jugando en la nieve con mis amigos. Todo irá bien cuando regrese. ¡Lo sé! ¡La concha recuperó sus poderes mágicos!

El tío Ernesto sonrió.

—La magia estuvo siempre ahí —dijo.

—Pero, no comprendo, tío —dijo Jaime, un poco confuso.

—La verdadera magia está en lo que sientes dentro de ti —explicó el tío Ernesto—. Tu propia fortaleza interior es la que crea la magia.

El tío Ernesto retiró la concha y le dijo:

—En realidad, ni siquiera la necesitas ya.

—Por favor, tío... ¿puedo guardarla de todos modos y llevarla de vuelta a Nueva York? —pidió Jaime, extendiendo la mano. De ningún modo deseaba partir sin ella.

—Por supuesto que sí —dijo en voz baja el tío Ernesto, guiñando un ojo mientras le devolvía la concha—. Uno nunca sabe. Alguna vez podrías necesitar una pequeña ayuda.

Jaime sonrió con alegría, colocando la caja con cuidado en la cesta de su bicicleta.

—Recuerda —gritó el tío Ernesto mientras miraba a Jaime bajar en su bicicleta por la estrecha cuesta—, que la *verdadera* magia radica en la felicidad que encuentras dentro de ti.

Jaime se detuvo al oír el eco de aquellas palabras en la ladera de la montaña. Volvió la cabeza y saludó con la mano una vez más a su tío-abuelo. Luego continuó su camino.

Él sabía que el tío Ernesto había dicho la verdad . . . Así se lo decía la felicidad que sentía dentro de si.

ACERCA DE LA AUTORA

NICHOLASA MOHR ha recibido numerosos premios y distinciones entre los cuales figuran, *The American Book Award, The Jane Addams Peace Award*, y un doctorado honorífico de la Universidad de Nueva York en Albany. Recientemente le fue otorgado el premio de *The Association of Hispanic Arts* por cu contribución al preservar la cultura latina.

Nicholasa Mohr nació en *Spanish Harlem* y creció en el Bronx, Nueva York. Entre los once libros que ha escrito para niños se encuentran: *Nilda, Felita, Going Home* y *El Bronx Remembered*. Recientemente publicó un libro de las memorias de su infancia, *In My Own Words: Growing Up Inside the Sanctuary of My Imagination. El regalo mágico* es el primer libro de Nicholasa Mohr que publica Scholastic. En la actualidad, reside en Park Slope, Brooklyn, Nueva York.

Acerca del Ilustrador

Rudy Gutierrez nació en el Bronx, Nueva York, y creció en Teaneck, New Jersey. Recibió varias becas para cursar estudios de arte, una de ellas del Instituto Pratt, donde se graduó con honores de la escuela de Bellas Artes y Diseño. En los últimos quince años ha trabajado como artista y como maestro de arte en el Instituto Pratt. Su trabajo ha aparecido en diferentes publicaciones a través del país. En la actualidad reside en la ciudad de Nueva York.